MANDY TRÄGER

Aber dann weint Mama

AF235601

Buch

Mandy Träger wurde 1989 im Ruhrgebiet geboren. Neben Logistikplanung und IT Fernstudium entstand diese Kurzgeschichte mit der Entscheidung zur Teilnahme an dem Patenschaftsprojekt für Kinder psychisch kranker Eltern der Pflegeelternschule Hamburg.

Ohne lyrische Erfahrung und nur aus dem Bauch, Kopf und Herz heraus entwickelte sich diese Geschichte zu einer Niederschrift der gedanklichen Vorstellung. Einer ganz persönlichen Vorstellung der eigenen Zukunft.

Mandy Träger

Aber dann weint Mama

Kurzgeschichte

Impressum

Bibliografische Information der Deutschen Nationalbibliothek:
Die Deutsche Nationalbibliothek verzeichnet diese Publikation in der Deutschen Nationalbibliografie; detaillierte bibliografische Daten sind im Internet über http://dnb.dnb.de abrufbar.

Herstellung und Verlag: BoD – Books on Demand, Norderstedt

ISBN: 978-3-7526-7058-5

Für Johanna.

„ Glück wird größer, wenn man es teilt.
Man kann es selbst dann schenken,
wenn man keines hat. "

J. Todenhöfer

Prolog

Johanna

Da ist er jetzt. Der Tag.
Der Tag, über den alle so lange gesprochen haben.
Den mir die Frau vom Jugendamt erklärt hat.
Den Hiltrud von der Pflegeelternschule beschrieben hat.
Über den Mama und ich oft geredet haben.
Vorbereitet haben.

Ich bin Johanna. Ich bin neun Jahre alt.
Und ich bin so aufgeregt wie bei meiner Einschulung.
Das sei aber doch positive Aufregung, denken sich die meisten Menschen. Vorfreude auf etwas Großes. Etwas Neues. Ein schönes Gefühl.
So ist es aber nicht.
Ich bin aufgeregt.
Aber ich weiß nicht, ob ich mich freuen kann. Oder mich freuen darf. Vielleicht weiß ich gar nicht genau, wo der Unterschied liegt.
Bestimmt freue ich mich jedes Jahr auf meinen Geburtstag. Auf Weihnachten. Die langen Sommerferien. Oder wenn es mal schneit.
Aber das hier ist anders.

Das ist keine Freude.
So wie damals. Bei der Einschulung.
Meine Vorfreude weicht der Angst.
Nein, nicht der Angst vor diesem großen Schritt.
Dem Beginn eines neuen Lebensabschnittes.
Der Angst um Mama.

Mama ist krank.
Ich lasse Mama nicht gerne alleine.
Wer passt denn dann auf sie auf?

Julia

Da ist er jetzt. Der Tag.

Der Tag, über den wir alle so lange gesprochen haben.

Den mir Frau Hemmers vom Jugendamt genauso erklärt hat wie Frau Sandt der Pflegeelternschule.

Und Herr Mann. Der Therapeut von Johannas Mutter.

Ob er auch Johannas Therapeut sei.

Das war eine meiner ersten Fragen in unserem Erstgespräch. Die Therapie von Frau Lasse läge in seiner Verantwortung. Frau Lasse, Johannas Mutter.

Johanna sei nicht krank. Und für Kinderpsychologie sei er nicht ausgebildet. Die Antwort kam ohne das Gesicht zu verziehen.

Aha dachte ich mir damals.

Wie kann ein kleines Mädchen nicht in irgendeiner Form krank (geworden) sein? Kümmert sie sich nicht um ihre psychisch kranke Mutter?

Wie eine Erwachsene. Mit neun Jahren.

Ich bin Julia. Anfang Dreißig.

Und so aufgeregt wie an meinem ersten Schultag. Meinen Klausuren in der Uni. Oder dem ersten Bewerbungsgespräch.

Es ist eine Vorfreude auf etwas Großes. Etwas Bedeutendes. Etwas, das mein Leben beeinflussen wird. Ändern wird.

Sie wird es ändern. Johanna.

Diese Änderung erfolgte bewusst. Mein Leben war erfüllt. Aktiv. Glücklich. Einfach.

Doch ich wollte ihm einen Sinn geben. Teilen. Alles weitergeben, wofür ich dankbar war.

Diesem jungen Menschen einen Anker geben.

Als ich nach dem Informationsabend die Seminarräume verließ wusste ich, dass ich das will.

Von ganzem Herzen fühlte es sich richtig an.

Patin für ein Kind psychisch kranker Eltern.

Eine Lebensaufgabe. Eine Herausforderung. Mein Stück Sinn. Wie das Leben und die Menschen in dieser Welt zusammengehören.

Wie viel größer das Zusammen sein kann.

Wenn jeder gibt, was er geben kann. Und nimmt, was er geschenkt bekommt.

Die Entscheidung war klar. Ich sagte Ja.

Ja zu einem Erstgespräch. Ja zu allen Seminaren. Ja zu vielen Gesprächen und einem neuen Blick auf meine Zukunft.

Ja zu diesem Geschenk.

Unserem Geschenk.

Unserer gemeinsamen Zukunft. Die so viel wertvoller werden würde als mir zu diesem Zeitpunkt bewusst ist.

Johannas Gesicht kenne ich von Fotos.

Johannas Geschichte, ohne sie von ihr gehört zu haben.

1

Es klingelt an der Tür. Mein Herz beginnt zu rasen. Wann war ich das letzte Mal so nervös gewesen? Und warum bin ich es gerade überhaupt?

Ich freue mich auf den ersten Blick.

Johannas ersten Blick.

Das erste Aufeinandertreffen unserer Blicke.

Wie wird sie schauen?

Wird sie lächeln?

Was wird sie sagen?

Während ich darüber nachdenke, bekomme ich Angst vor ihrer Reaktion.

Ich bestreite den gefühlt ewig dauernden Weg vom Wohnzimmer zur Wohnungstür. Ich atme tief ein. Drücke die Klinke herunter.

Frau Sandt grinst mich an. Ich versuche Selbiges. „Hallo ihr Vier. Schön, euch zu sehen", stammele ich.

War das mein Versuch die Situation zu retten? War das mein Versuch mich selber zu beruhigen? Warum fühlte ich mich so unwohl?

Ich gehe in die Hocke.

Um mit Johanna auf Augenhöhe zu sein.

Ein zurückhaltendes Mädchen. Auf den Boden blickend. An die Hand ihrer Mutter geklammert.

Ich schaue sie an.

Vorsichtig beginne ich zu reden.

„Du musst Johanna sein. Ich habe schon viel von dir gehört." Keine Reaktion meines kleinen Gegenübers.

„Ich freue mich, dich endlich kennen lernen zu dürfen."

Johanna hebt den Kopf. Sie streckt mir ihre rechte Hand entgegen. Die Linke immer noch an der Hand ihrer Mutter.

„Hallo. Ich bin Johanna."

Für einen Moment habe ich einen Kloß im Hals.
Das hat sie wohl nicht zum ersten Mal gemacht.
Mir wird schummerig.
Wie oft sie sich in ihrem jungen Leben einem fremden Menschen wohl bereits vorstellen musste?
Ich war nun einer von ihnen.
Einer dieser Fremden.
Fremde Menschen, die in ihrem Leben auftauchen.
Meine Gedanken stehen mir - so hoffe ich - nicht auf der Stirn geschrieben. Nicht aus dem Gesicht zu lesen.

Bei Apfelkuchen und Kakao verläuft das Gespräch ruhig. Distanziert. Freundlich.
Johannas Mutter versucht zu lächeln und Johanna zum Fragen stellen zu ermutigen. Ich kann nicht einordnen, ob sie traurig wirkt. Oder gute Miene zum bösen Spiel macht.
Weil sie vielleicht gar nicht hier sein möchte. Und vielleicht auch Johanna nicht hier wissen möchte.

Oder ist es ihre Krankheit?

So hatte es mir ihr Therapeut erklärt.

Ich darf Reaktionen oder Nichtreaktionen nicht werten. Nicht vergleichen. Nicht an meiner Erwartungshaltung messen. Psychisch krank. Andere Denkweise. Keine böse Absicht. Logisch.

Und dann kommt die Praxissituation. Schwierig.

Johanna ist still. Sie beantwortet mir höflich meine Fragen. Sachlich. Klar. Sie stellt mir Fragen. Das klingt wie vorher einstudiert.

Hatte sie wirklich kein Interesse an mir?

Wollte sie vielleicht niemals herkommen?

Ich will diese Gedanken nicht denken.

Ich will ihr doch nichts Böses.

Aber wie sollte ich ihr das vermitteln ohne indirekt zu zweifeln?

Ich sitze am Abend in meinem Schaukelstuhl. Ein paar Eindrücke in mein Notizbuch kritzelnd.

Jetzt hatte ich nicht mehr nur einen Namen.

Ich hatte ein Bild.

Ich hatte ein Patenkind.

Meine übernommene Verantwortung überrennt meine Gedanken.

War ich dem Projekt gewachsen?

Kann ich Johannas Freundin werden?

Ein Zufluchtsort, der nur ihr allein gehört?

Ich erinnere mich an Johannas leeren Blick. Ihre höfliche Art. Das sachliche Gespräch. Ihre Art zu reden. Zu sitzen. Sie hampelte nicht. Sie brach nicht aus sich heraus. Sie lachte nicht.

Ich zweifele zum ersten Mal.

Ob Johanna wohl gefragt wurde?

Vielleicht hat ihre Mutter das über ihren Kopf hinweg entschieden?

Vielleicht hat das Jugendamt es beiden auferlegt?

Der Gedanke lässt mich nicht los.

Für mich ist diese Patenschaft keine Rettungsaktion. Sondern eine Möglichkeit der Unterstützung. Etwas geben, was Johanna fehlt. Lernen, dass jedes Leben individuell ist. Jeder Mensch einzigartig ist.

Doch vielleicht will Johanna das gar nicht?

Vielleicht will sie nicht das Objekt in meinem Projekt sein?

Mir wird übel.

War das wirklich ein Projekt?

Mein Projekt?

Mache ich das für Johanna?

Oder nicht genauso auch für mich?

Die Spülmaschine piept.

Ich falle aus meinen Gedanken zurück in den Schaukelstuhl.

Johanna hatte nach oben gesehen als sie die Treppe herabgestiegen waren. Unsere Blicke trafen sich.

Ihr Gesichtsausdruck klang wie ein Danke.

Das hier war nicht der Start eines Projektes.
Das war der Beginn einer Beziehung.
Einer Freundschaft.
Vertrauen.
Glück.

2

Um ans Meer zu kommen nehmen wir den Zug ab Hamburg Hauptbahnhof. Johanna trägt Sandalen an den Füßen. Einen Rucksack auf dem Rücken. Das letzte Mal länger mit dem Zug gefahren sei sie, um Oma zu besuchen. Im Harz. Da war sie noch im Kindergarten. Sagt sie.

Am Timmendorfer Strand steigen wir aus.
Beim Gedanken an das Meer steigt in mir ein Gefühl von Freude auf. Freiheit.
Wie immer, wenn ich mit dem Zug, Auto oder Rennrad an die Ostsee gefahren war.

Johanna bleibt stehen. Keine Mimik im Gesicht. Keine Worte auf den Lippen. Ihre Nichtreaktion löst in mir eine Überforderung der Situation aus.
Das Ergreifen ihrer Hand der Meiner reißt mich ruckartig aus meinen eigenen Gedanken. Der Anblick des Meeres löst in mir schon immer etwas Positives aus.
Etwas überrascht zucke ich also zusammen.
Da war es. Zum ersten Mal. Ein Gefühl von Verbindung. Sicherheit. Vertrauen.
Unsere erste Art der Bindung. Ein erstes Zusammen.

„Ich habe Angst vor dem Meer", sagt Johanna nüchtern. Und untergräbt damit meine vorherigen Gefühle.

„Es ist so groß. So weit. Ich kann das Ende nicht sehen. Und den Boden nicht. Das ist gruselig."

„Aber es wohnen viele schöne Tiere in ihm. Pflanzen auch. Und es können große Schiffe auf den Weiten des Meeres fahren", versuche ich sie zu beruhigen.

„Wollen wir unsere Schuhe ausziehen und barfuß bis zum Wasser vorlaufen?", frage ich sie vorsichtig.

„Können wir Muscheln sammeln und Mama welche mitbringen?", entgegnet Johanna mir auf meine Frage.

Zum ersten Mal kann ich ein Lächeln in ihrem Gesicht erkennen. Der Gedanke machte sie glücklich.

Dass Mama sich freuen würde.

„Das ist eine tolle Idee."

Voller Tatendrang laufen wir Richtung Wasser. Ich lasse ihre Hand nicht los.

Der Nachmittag erscheint unbeschwert.

Muscheln suchend und Krebstiere bewundernd laufen wir am Strand entlang. Sogar als wir knietief im Wasser stehen sehe ich in Johannas Gesicht keine Furcht.

Sondern Stolz.

Sie hatte das Meer bezwungen.

Eine Angst bezwungen.

Vielleicht, denke ich mir tief in meinem Inneren, können wir gemeinsam noch mehr Ängste ihres jungen Lebens bekämpfen.

Es ist nicht schlimm vor Dingen Angst zu haben.

Es ist nur wichtig zu wissen, dass man nie alleine dagegen angehen muss.

„Wie wäre es mit einem Eis?", frage ich Johanna während wir versuchen unsere Beine und Füße vom klebrigen Sand zu befreien. Sie nickt schüchtern mit dem Kopf. Bedacht wirklich jedes Sandkorn zwischen ihren Zehen zu erwischen.

„Ich mag Vanilleeis am liebsten. Welche Eis Sorte möchtest du haben?", frage ich Johanna als wir vor dem Eiswagen stehen.

„Ich esse immer Erdbeereis", antwortet sie ohne Emotion im Gesicht.

„Also ist Erdbeereis dein Lieblingseis?", greife ich ihre Antwort auf. Verwundert über ihre rationale Antwort.

Sie mochte Erdbeereis nicht wirklich gern, aber aß es dennoch immer.

„Mama kauft mir immer Erdbeereis. Und ich möchte nicht, dass sie traurig ist", antwortet Johanna.

Als ob sie meine Gedanken lesen könnte.

Dieser Satz lässt mich innerlich zusammenzucken.

Mir wird zum zweiten Mal bewusst, dass Johanna

rationaler dachte und handelte als die meisten Erwachsenen in meinem Umfeld.

Sie war zu erwachsen.

Zu wenig Kind.

„Pass auf. Wir lassen den Eismann entscheiden.", mache ich ihr den Vorschlag.

Nachdem der Eismann uns alle Eis Sorten einmal künstlerisch vorführte. Gar anpries. Nehmen wir seine getroffene Auswahl entgegen.

Eine Vanille-Schokoladenmischung mit Keks. Garniert mit bunten Streuseln.

Wie damals.

Meine Kindheit.

Etwas vorsichtig um Johannas Reaktion bedacht, übergebe ich ihr das Hörnchen.

Sie schaut es einen Moment an.

Dann hebt sie ihren Kopf zu mir hoch.

Nickt freudestrahlend.

Dein Lächeln ist mein Sieg. Denke ich erleichtert.

Und mein Lächeln ist Deiner.

3

Seit ein paar Wochen sind wir bereits ein Tandem. Wir haben vereinbarte Besuchszeiten. Ähnlich wie ein Scheidungskind. Jeden Dienstag. Und alle vierzehn Tage für eine Nacht am Wochenende.

Johanna lässt sich auf unsere Beziehung ein. Die Distanz schwindet. Der Wortfluss wird größer. Die Momente des Lachens mehren sich.

Johanna scheint die Nachmittage zu genießen. Mehr und mehr. Und genauso freue ich mich auf sie. Jede Woche.

Sie ist ein fester Bestandteil meines Lebens geworden. Bereits jetzt. Nach dieser kurzen Zeit.

Sie weiß nicht, was sie mir gibt.

Und ich weiß nicht, was ich ihr gebe.

„Aber es kann nicht so falsch sein, wenn es sich gut anfühlt. Oder?", frage ich mich selber. Und in den Patenrunden der Pflegeelternschule.

„Am Dienstag kann Johanna nicht kommen."

Ein Satz am Telefon. Ein Satz mit Wirkung.

Wirkung. Vielleicht auch Auswirkung.

Die mir zu diesem Zeitpunkt noch nicht bewusst ist.

Sie seien mit der Schule im Theater, sagt Johannas Mutter.

„Danke fürs Bescheid geben", entgegne ich freundlich. Mache mir keine weiteren Gedanken. In meiner Wochenplanung schiebe ich schon gedanklich das Lauftraining auf den freigewordenen Nachmittag.

Es ist Patenwochenende. Ich plane Johanna am Freitag um 14 Uhr von der Schule abzuholen. Als ich den Raum der Nachmittagsbetreuung betrete ist Johanna nicht zu sehen.

„Oh, Johanna ist krank.", erklärt mir die Betreuerin.

„Okay. Danke.", antworte ich wie aus Reflex. Meine Gedanken sind verwirrt.

Auf dem Weg zum Auto rufe ich bei Familie Lasse an. Johanna ist am Telefon. Leise bestätigt sie mir krank zu sein. Entschuldigt sich dafür nicht Bescheid gesagt zu haben.

Ich überlege, weiter nachzufragen.

Doch ich lege auf.

Es ist das erste Mal, dass mich ernsthafte Zweifel überkommen.

War Johanna wirklich krank?

Will Johanna nicht mehr herkommen?

Hatte ich etwas falsch gemacht?

Hatte ich etwas versäumt? Etwas übersehen?

War ich die letzten Treffen nicht aufmerksam genug?

Meine Gedanken schwenken um.

Will Johannas Mutter nicht mehr, dass sie hier ist?

War etwas passiert zwischen uns?

Passiert.

Mir wird schwindelig.

War etwas passiert?

Kann Johanna nicht weg, weil ihre Mutter dann alleine wäre?

Ich habe ihre Worte im Ohr.

Ihr Gesicht vor Augen.

Ich muss hinfahren, sagt mir mein Herz.

Ich muss Ruhe bewahren, sagt mir mein Verstand. Distanz ist wichtig. Ich bin nicht für Johannas Mutter verantwortlich. Hatte ich in allen Seminaren immer wieder gelernt.

Nein, bin ich nicht.

Aber hängt Johannas Wohlergehen nicht primär davon ab?

Ich rufe Frau Sandt an.

Das seien ganz „normale" Situationen in einer Patenschaft, sagt sie ruhig.

Die letzten Wochen liefen positiv. Aber es wird immer auch Rückschläge geben.

Unverständnis.

Angst.

Hilflosigkeit.

Sie gebe meine Besorgnis weiter. Um das Wohlergehen von Johanna kümmere sich das Jugendamt. Ich müsste darauf vertrauen.

Nach dem Telefonat folgt Leere.

Abwarten und nichts erzwingen.
Abwarten. Was denn abwarten?!
Die Situation zerreißt mich.
Das ganze Wochenende.
Sollte ich nochmal anrufen?
Sollte ich doch hinfahren?
Sollte ich bis Dienstag warten?

Johanna würde sich melden.
Johannas Mutter würde sich melden.
Es ist Freitagabend.
Bis Dienstag sind es vier Tage.
Vier Tage. Abwarten. Sechsundneunzig Stunden.

4

Wir sitzen im Seminarraum der Pflegeelternschule.
Wie jeden zweiten Donnerstag im Monat. Es ist ein
reger Austausch zwischen allen Patinnen und
Paten.
Informativ. Beruhigend. Hilfreich.
In der Regel.
Heute fühle ich mich nicht nach Reden. Habe keine
Lust auf Diskussionen. Kein Interesse am
Erzählen.
Ich bin immer noch niedergeschlagen. Verwirrt.
Und ja, irgendwo sind da ehrliche Zweifel.
Ob Zweifel nicht immer ehrlich sind?
Es ist wichtig zu unterscheiden.
Über etwas nachdenken. Etwas anzweifeln. Oder
an etwas zweifeln. Das ist ein Unterschied.
Ich befinde mich zwischen Stufe Eins und Zwei.
Mehr als nachdenken. Weniger als komplett
anzweifeln.
Vielleicht bin ich auch einfach traurig.
Ich hatte es mir so sehr gewünscht. Johannas
Leben besser zu machen.
Besser machen.
Damit urteile ich nicht.
Ich beurteile und verurteile auch nicht.
Ihr Leben war nie schlecht. Ist es nicht.
Es war ihr Leben. Ist ihr Leben.

Mein Leben ist anders.

Aber ist es damit automatisch besser?

Wie sieht denn ein gutes Leben aus?

Was sind denn Faktoren, die ein Leben zu einem besseren machen?

Bevor ich mich in meinen Gedanken verliere, ergreife ich das Wort. Berichte von meinem Rückschlag. Meiner gehemmten Euphorie. Meiner Angst.

Nicken erfüllt den Raum. Jeder kennt diesen Moment. Kennt diese Phasen.

Phasen?

Das lässt glauben, es wäre nicht das erste und nicht das einzige Mal.

Nach dem Patenstammtisch sitze ich bei Frau Sandt im Büro. Unser monatliches Feedbackgespräch.

Sie weiß um meine Sorgen längst Bescheid.

Wahrscheinlich stehen sie mir auch ins Gesicht geschrieben.

Wahrscheinlich war ich nicht die Erste in dieser Lage.

Diese Lage.

Dieser Punkt.

An dem du hilflos zuschaust.

Zuschauen musst.

Denn du bist nicht der Akteur.

Ich müsse lernen damit umzugehen.

„Situationen verlaufen nicht so wie wir sie erwarten. Reaktionen sind nicht vorhersehbar. Gespräche verlaufen nicht gradlinig", redet mir Frau Sandt gut zu.

„Sie dürfen sich nicht zu viele Fragen stellen. Was und Wieso. Sie dürfen sich nicht vergleichen. Sich nicht versuchen in Frau Lasses Situation zu versetzen. Auch nicht in Johannas. Denn Sie können es nicht."

Ich erwische mich dabei nur noch mit einem Ohr zuzuhören.

Es war ja alles rational logisch.

Natürlich reicht mein Vorstellungsvermögen nicht aus, um die Gedanken eines psychisch kranken Menschen zu durchsteigen. Oder gar zu erreichen. Oder die eines Kindes.

Eines Kindes, das in diese Lage hineingeboren wurde.

Aber kann ich wirklich nichts machen?

Mir fiel Leben immer so leicht.

Nie Probleme. Kein Stress. Gut in der Schule. Im Studium. Im Job. Alles flog mir zu.

Erfolgreich. Sportlich. Gesund.

Ein einfaches Leben. Behütet.

Umso größer der Drang etwas abgeben zu möchten.

Aus Dankbarkeit für das eigene Geschenk.

„Sie müssen aufhören so zu denken.", entgegnet mir Frau Sandt. Als hätte sie meine Gedanken gehört.

„Sie müssen sich nicht schuldig fühlen. Sie schulden dem Leben nichts. Wenn Sie Ihre Fähigkeiten erkennen. Nutzen. Dann helfen Sie automatisch am meisten. Wer sich selbst liebt, kann nur Liebe weitergeben. Zerbrechen Sie sich nicht den Kopf."

„Aber…", will ich meinen Satz beginnen.

Schiebe den Gedanken beiseite und stehe auf.

In der Tür drehe ich mich nochmal um.

„Glück wird größer, wenn man es teilt", sage ich grinsend.

5

Dienstag.

Pünktlich auf die Minute klingelt es an der Tür.

Johanna grinst. Frau Lasse winkt von der Straße aus.

Ein normaler Dienstagnachmittag.

Alles wie immer. Als wäre nichts gewesen.

Obwohl ich mich anders fühle.

So vieles würde ich gerne fragen.

Aber ich schiebe es weg.

Johanna kann nichts dafür. Ich will es ihr nicht schwerer machen als es ist.

Sie grinst.

Ich grinse zurück.

„Können wir skaten gehen?", fragt sie ganz aufgeregt.

Die Rollschuhe in der Hand.

„Mama hat extra im Keller danach gesucht."

„Na dann müssen wir in meinem Keller wohl auch kurz suchen gehen.", antworte ich freudig. Zwinkere ihr zu. Beruhigt. Entspannt.

Johanna geht es gut.

Und sie hat einen Plan für unseren Nachmittag.

Ich mag diesen Gedanken. Dieser Termin ist für sie kein Pflichttermin. Obwohl mein Terminkalender platzt, hatte ich den Laptop auch bereits heruntergefahren. Das Telefon stumm gestellt.

Jetzt war Zeit für etwas Anderes. Wichtigeres. Johannas Zeit.

Unsere.

Die nächsten Wochen entwickeln wir uns zum Team. Johanna begleitet mich an manchem Sonntag zu meinem Fußballspiel. Sie platzt immer vor Stolz, mit auf der Auswechselbank sitzen zu dürfen.

Ich nehme sie einmal mit zu meinem Mädchenfußballtraining.

Es gefällt ihr. Aber danach flüstert sie mir ins Ohr, dass Fußball nicht so ihr Ding sei.

Dafür teilen wir viele andere Interessen.

Wir malen und puzzeln. Schaukeln. Laufen Rollschuh. Bauen Baumhäuser. Und mit dem SUP erobern wir die Alster.

Wir verbringen Stunden am Meer oder im Zoo. Oder im Museum.

Johanna liebt Museen. Das Planetarium. Den Blick auf den Hafen.

Sie ist kein normales Kind von neun Jahren.

Sie lebt den Augenblick. Liebt den Augenblick.

Manchmal hält sie inne. Rührt sich minutenlang nicht.

An einem Nachmittag holt sie mich von der Arbeit ab. Sie klatscht in die Hand meines Kollegen ein und sagt, wir müssen nun los.

Ein bisschen frech. Ein bisschen bestimmend. Ein bisschen liebenswert. Und vor allem selbstbewusst.

Ein Moment des Schmunzelns.

Pure Zufriedenheit.

Wir laufen in Richtung Stadtpark. Spielen eine Partie Minigolf und legen uns ins Gras.

Wie Erwachsene.

Wie ich es sonst mit meinen Freunden tat.

Johanna blickt in den Himmel.

Wie die beiden jungen Frauen neben uns.

„Ob die beiden wohl auch Wolkenraten spielen?", fragt sie sich selber. Oder mich.

„Das ist ein Dino. Auf den Kopf gestellt.", versucht sie mir glaubhaft zu machen. Den Finger in Richtung Dinowolke gestreckt.

„Ich glaube, das können die beiden nicht sehen.", beantworte ich ihr noch ihre Frage.

Schade eigentlich.

Den Erwachsenen fehlt so oft die kindliche Fantasie. Das Bunte. Kreative.

Nach einer kurzen Pause ergänzt Johanna meine Gedanken.

„Hoffentlich werde ich nicht so schnell erwachsen."

Für den Moment halte ich inne.

Wenn sie wüsste, wie erwachsen sie bereits ist.

So viel erwachsener als sie es sein sollte.

„Ach weißt du, Johanna. In jedem von uns bleibt immer ein Stück Kind. Wir müssen nur zulassen.

Zulassen, dass es auch mal raus darf.", antworte ich ihr während sie sich zu mir dreht.

Sie legt ihren Hinterkopf auf meinen Bauch. Grinst.

Wir beide grinsen.

„Und Das da rechts", sage ich während ich meinen rechten Arm zum Himmel recke, "das ist übrigens ein Zweihorn."

Johanna dreht ihr Gesicht verwirrt zu mir.

„Was soll das denn sein? Das gibt es nicht."

„Na ein Einhorn nur mit zwei Hörnern. Siehst du doch."

Wir fangen beide an zu kichern.

Vielleicht sind Erwachsene doch nur groß gewordene Kinder.

6

Auf einmal geht alles ganz schnell. Frau Sandts Nummer auf meinem Display. Mitten am Tag. Ein sonniger Mittwoch.

Kein gutes Zeichen. Oder doch. Auslegungssache.

Johannas Mutter bekommt kurzfristig einen Platz in der Klinik. Eine stärkere Therapie. Bessere Hilfe. Endlich.

Im ersten Moment Erleichterung.

Im Nächsten ein Gefühl von Panik.

Verantwortung.

Mir wird bewusst, was das heißt.

Was jetzt passieren wird.

Kurzfristig. Heute.

Die nächsten sechs Wochen kommt Johanna zu mir. Nein, sie lebt bei mir. Sie kommt nicht zu Besuch. Sie wird Bestandteil meines Lebens. Sie ist sechs Wochen lang mein Leben.

Mir schießen tausend Gedanken durch den Kopf. Gedanken. Ängste. Zweifel. Freude. Aufregung. Nervosität.

Ich musste das Gästezimmer frei räumen. Das Bett beziehen. Ihre Zahnbürste hatten wir nach dem letzten Patenwochenende entsorgt. Dann konnte ich auch gleich ihr Lieblingsmüsli besorgen. Ich brauchte ihren Stundenplan. Meinen Kalender. Einige Termine lassen sich schieben. Am

Wochenende kann ich sie mitnehmen. Der Geburtstag von Sina.

Ich merke, wie ich Frau Sandt gar nicht mehr richtig zuhöre. Ich schüttele meine Gedanken beiseite. Ich muss mich konzentrieren.

Frau Sandt informiert mich sachlich über das weitere Vorgehen. Was ich beantragen muss. Wie ich versichert bin. Wir versichert sind. Was ich beachten soll. Worüber ich mir keine Gedanken machen soll.

Keine Gedanken machen.

Ich werde Mutter einer Neunjährigen. Über Nacht.

Am nächsten Nachmittag steht Johanna mit ihrem Koffer vor der Tür. Aus ihrem Rucksack ragt Gerdas Kopf. Gerda, die Giraffe. Ihr Lieblingskuscheltier.

Ob Johanna die Situation wohl versteht?

Ob Johanna damit klar kommt?

Ohne ihre Mutter. Für sechs Wochen.

Dafür mit mir.

Was sie wohl denkt.

Wie es ihr wohl geht.

Mich überfordert diese Situation.

Aber ich bin der erwachsene Part. Ich muss für sie da sein. Und das werde ich.

Ich werde sie nicht mit Fragen löchern. Werde sie nicht unter Druck setzen. Ich werde abwarten wie sie reagiert. Was sie machen möchte. Ob sie reden möchte. Oder schweigt.

Ich werde einfach da sein. Ihr ihren gewohnten Alltag geben. Nein. Nicht gewohnt. Aber ihren Tagesrythmus. Ihre Struktur.

Und der Rest wird sich ergeben.

Dafür gibt es keinen Plan.

Wie soll dieser auch aussehen?

Zwei Übernachtungen waren bisher die längste Zeit. Achtundvierzig Stunden.

Jetzt sind es sechs Wochen. Zweiundvierzig Tage.

Zweiundvierzig mal vierundzwanzig Stunden.

War ich dieser Aufgabe gewachsen?

Wusste ich, was das heißt?

Konnte ich damit umgehen, wenn Johanna sich verändert?

Wenn sie anders ist als ich sie kenne?

Wenn sie sich zurückzieht? Oder ausbricht?

Wie viel Freiheit darf ich ihr geben?

Wie viel Striktheit muss sein?

Ist diskutieren nicht auch wichtig?

Ich bemerke das Unrecht in meinen Gedanken. Ich war nicht das Opfer dieser Situation. Johanna wurde für den Moment alles genommen. Ihre Mutter. Ihr Kinderzimmer. Ihr Alltag.

Ich habe Angst zu versagen.

Der Lage nicht gerecht zu werden.

Geht es Johanna aber nicht viel schlechter?

Ihre Ängste. So viel größer.

Ihre Sorgen. So viel größer.
Ihre Ungewissheit. So viel größer.

Johanna stellt ihren Koffer auf den Boden.
Umschlingt meine Hüfte mit beiden Armen.
Sie flüstert.
„Danke, dass ich hier sein darf."
Ich atme einmal tief ein. Dann antworte ich im
Flüsterton in ihr linkes Ohr.
„Schön, dass du hier bist."

7

Johannas Geburtstag. Ihr Zehnter.
Ich erinnere mich an meinen zehnten Geburtstag.
Mein Vater hatte eine Zeitungsannonce
aufgegeben. Von Papi, Ulli und Mogli. Umrahmt
von lauter Zehnen. Meine Halbgeschwister gab es
damals noch nicht. Und Hund Mogli heute längst
nicht mehr.
Ich schmunzele.

Johanna ist seit dreieinhalb Wochen bei mir. Wir
haben uns eingependelt. Sind ein gutes Team
geworden. Eine kleine WG.
Heute bemerke ich Traurigkeit in ihrem Gesicht.
Der Tag war so besonders. Geburtstage sowieso
immer. Der erste Zweistellige.
Und Mama ist nicht da.
Johanna vermisst ihre Mutter.
Sie ist so tapfer. So erwachsen. So rational.
Aber heute ist sie traurig.
Dabei sollte sie sich gerade heute freuen dürfen.
Es ist ihr Tag.
Wir überlegen gemeinsam, wie sie ihren Tag
gestalten möchte. Ich habe tausend Ideen. Aber ich
möchte ihr nichts aufzwingen. Sie soll entscheiden.
Und wenn sie gar nicht feiern möchte. Das ist in
Ordnung.

Als Johanna von der Schule kommt sieht sie nachdenklich aus. „Ist etwas passiert?", frage ich sie gleich im Türrahmen. „Haben die Muffins nicht geschmeckt?"

Die Muffins hatten wir am Vorabend gebacken. Und mit Smarties und Lollies verziert. So kannte ich es noch von damals. Meine Grundschulzeit.

„Die Muffins waren super. Alle haben sich gefreut", antwortet sie trocken. „Aber..."

Ich gehe in die Hocke.

Nehme ihre Hände. Schaue ihr ins Gesicht.

„Können wir heute zu Mama?"

Ihre Frage im traurigsten Laut ihrer Stimme. Fast beschämt. Vielleicht sogar entschuldigend.

Ich nehme sie in den Arm.

„Natürlich.", flüstere ich in ihr Ohr.

„Danke.", sagt sie schluchzend. Eine Träne rollt über ihr Gesicht.

„Hey", sage ich, „das ist doch kein Grund zum Weinen. Es ist doch klar, dass deine Mama dir fehlt. Es ist schließlich dein Geburtstag. Weißt du, selbst ich feiere noch jedes Jahr mit meiner Mama meinen Geburtstag. Ich rufe in der Klinik an und kläre das ab."

Johanna lächelt.

Erleichtert, dass sie gefragt hat.

Dass sie ihre Mama heute noch sehen wird.

Ich telefoniere mit der Klinik. Wir dürfen den Therapie Fortschritt nicht kaputt machen. Wir müssen sie vorbereiten. Wir müssen vorsichtig sein. Es ist ein Versuch.

Doch Frau Lasse hat heute einen guten Tag. Ihre Ärztin erlaubt uns den Besuch.

„Es ist wichtig für Johanna. Es ist wichtig für Frau Lasse. Es ist wichtig für beide. Danke, dass Sie angerufen haben."

Ich lege auf.

Johanna sitzt an ihren Hausaufgaben. Sie war so diszipliniert. Ich bewundere den Anblick.

„Wir dürfen", sage ich mit einem erleichterten Grinsen.

Johanna hebt den Kopf und lächelt.

„Ich habe noch nie ohne meine Mama Geburtstag gefeiert. Danke, Julia."

Julia. Sie hatte meinen Namen noch nie so betont. Wie ein erwachsener Mensch. Einer Aussage Nachdruck verleihen.

„Wir könnten noch schnell einen Kuchen backen. Dann können wir mit deiner Mama richtig Geburtstag feiern. Was denkst du? Vielleicht habe ich irgendwo auch noch Luftballons."

Johanna dreht den Kopf zur Seite.

Irgendetwas stimmt nicht.

„Keine gute Idee?", frage ich vorsichtig. Langsam Richtung Schreibtisch laufend.

„Doch." Pause.

„Aber dann weint Mama." Pause.

„Sie hat mir noch nie keinen Geburtstagskuchen gebacken."

Ich merke die Faust in der Magengegend.

Sie hatte Recht. Ich wollte doch nicht ihre Mutter ersetzen. Niemals. Allein die Vorstellung tat mir leid.

Ich bücke mich zu Johanna herunter.

„Wir pflücken auf dem Weg ein paar Erdbeeren. Und dann gibt es keinen Geburtstagskuchen, sondern eine Geburtstags- Erdbeerschlacht mit Mama. Okay?"

Johanna springt von ihrem Stuhl auf.

Sie ergreift meine Hand. Hüpft freudig auf der Stelle.

„Komm, wir müssen uns beeilen."

8

Als Johanna wieder Zuhause ist, war uns klar, wir schaffen alles. Die Zeit war intensiv. Freude. Traurigkeit. Schöne Momente. Schwierige Situationen.

Am ersten Informationsabend war ich darüber informiert worden. Dass ich mir bewusst sein müsse. Dass eine Krise schnell kommen kann. Ungeplant. Unvorbereitet.
Damals war dies eine Vorstellung. Ein Gedanke. Weit weg.
Jetzt wusste ich, was damit gemeint war. Was ungeplant heißt. Wie es ist über Nacht Mutter zu werden. Eines halben Teenagers.
Ob ich es mir so vorgestellt hätte?
Nein.
Ob ich wusste, was ich mir hätte vorstellen sollen?
Nein.
Wie auch?
Bei meinem Erstgespräch entschuldigte sich Frau Sandt für die Dauer des Prozesses. Bis zum ersten Kontakt mit dem Patenkind. Dass es vieles zu beachten gäbe. Viel geprüft und geklärt werden müsse. Und, dass dies eben Zeit brauche.
Der entschuldigende Ton war mir unangenehm.

Wir sprachen immerhin von einem Kind. Keinem Gegenstand.

Und einem Bindungsverhältnis.

Natürlich brauchte das Zeit.

„In einer Schwangerschaft haben Sie auch neun Monate der Vorfreude.", fügte sie lächelnd hinzu.

Der Satz gefiel mir. Der Vergleich auch. Denn es war vergleichbar.

Ein anderer Prozess. Aber genauso Aufregung. Gespannt sein. Nervosität. Vorfreude.

Doch das jetzt. Diese intensivste Zeit des Zusammenlebens. Das war nichts, worauf man sich vorbereiten konnte.

Das passierte.

Weil es passieren musste.

Weil wir alle nur ein Ziel verfolgten.

Frau Lasses Gesundheit.

Und damit auch Johannas.

Unsere wöchentlichen Treffen entwickeln sich zur Gewohnheit. Entspannte Zeiten. Wir hatten angefangen unsere Ängste abzulegen. Denn die waren unbegründet.

Niemand kann sagen, ob das, was wir taten, richtig sei.

Das kann man auch nicht lernen. Nicht nachlesen. Oder gar trainieren.

Das passiert einfach. Von ganz alleine.

Und es entwickelt sich. Von ganz alleine.

Wir hatten ein Wissen. Haben ein Wissen. Ein gemeinsames Wissen. Wir. Frau Lasse. Die Pflegeelternschule. Die Projektmitarbeiter. Die Ärzte.

Aber vor allem Wir. Johanna und ich.

Wenn es hart auf hart kommt, sind wir da.

Ein Team. Sicherheit. Vertrauen.

Wenn man sich fragt, ob man es richtig macht.

Wenn man zweifelt, ob es reicht.

Dann ist geschenktes Vertrauen das Größte. Das Wertvollste. Und die Deutlichste aller Antworten darauf.

Während der Vorbereitungszeit beschäftigt man sich ganz automatisch auch mit möglichen Unternehmungen. Wie verbringe ich den Nachmittag? Was sind gute Ausflugsziele? Was möchte man unbedingt zusammen erleben?

Gerne hätte ich Johanna von Tag Eins die ganze Welt gezeigt. Alles, was sie noch nicht kannte. Warum sollte es ihr auch verborgen bleiben?

„Sie dürfen die Kinder nicht mit Geschenken oder Ausflug Highlights überschütten. Damit überfordern Sie nicht nur die Kinder. Sie stellen auch die Eltern in den Schatten. Bringen sie ungewollt in eine unangenehme Situation."

Dies lernten wir bereits am ersten Seminartag.

Erschien logisch.

Gleichzeitig erwischte ich mich dabei, das schade zu finden. Man will damit ja nichts Böses bezwecken. Und auch niemandem zu nahe treten.

Dann dachte ich an meine Kindheit zurück.

Als Scheidungskind war der Papa Besuchsrythmus der Gleiche wie Johannas bei mir.

Wie oft hatte ich meiner Mutter Unrecht getan?

Weil es bei Papa immer cool war.

Weil Papa immer tolle Sachen mit meiner Schwester und mir unternommen hat.

Weil wir die Bestimmer waren.

Natürlich war es das.

Ein ganzes Wochenende ungeteilte Aufmerksamkeit.

Alles, was wir wollten.

Weil mein Vater nun mal nur diese achtundvierzig Stunden mit uns hatte. Und alles dafür gegeben hat.

Aber hatte meine Mutter das nicht auch? An allen anderen Tagen der Woche?

Doch als ich Johanna kennenlernte waren meine vorherigen Gedanken schnell verblasst. Meine geplanten Vorhaben sind ein Highlight für sie. Und sie bleiben es.

Etwas Besonderes.

Weil wir das beide so wollen. Es schätzen wissen wollen.

Und uns auch am normalen Alltag erfreuen können.

Das ist nicht typisch für ein Kind.

Nicht typisch für Johannas Generation.

Das machte sie umso besonderer. Im positivsten Sinne.

Johanna ist bescheiden. Durch einfache Dinge zu erfreuen.

Für Kleinigkeiten zu begeistern.

Die Welt rennt schnell.

Die Zeit davon.

Doch Johanna bleibt stehen.

Und ich gleich mit.

Sie bewundert den vorbeifahrenden Zug.

Jeden Morgen stehe ich auf dem Weg mit dem Fahrrad ins Büro an diesem Bahnübergang. Ich mochte dieses Stehenbleiben vor der Schranke.

Stehen bleiben müssen. Schon immer irgendwie.

Doch manchmal wurde ich auch unruhig. Wie die Autofahrer neben mir. Der Zeitdruck. Die Termine. Stress.

Johannas Augen leuchten, wenn der Zug mit der Aufschrift Hamburg Hbf an uns vorbeirast.

Manchmal hebt sie vorsichtig den Arm. Winkt.

Obwohl sie nie eine Antwort zurückbekommen würde. Dafür war der Zug viel zu schnell.

Ich merke, wie auch ich mich verändere.

Wie sie mich verändert.

Manchmal stehe ich vor der Schranke und grinse. Genieße den kurzen Moment des Stillstandes.

Manchmal hebe ich den Arm. Winke.

Obwohl ich nie eine Antwort zurückbekommen würde.

9

Volljährig. Erwachsen. Johannas achtzehnter Geburtstag.

Achteinhalb Jahre nach unserem ersten Kennenlernen.

Achteinhalb Jahre.

Damals wussten wir nicht, was uns erwartet.

Ich wusste es nicht.

Eine Zeit mit Höhen.

Eine Zeit mit Tiefen.

Mit allem, was das Heranziehen eines Teenagers mit sich bringt.

Johanna hatte nicht die perfekte Kindheit.

War nie ein Durchschnittskind.

Am Ende war sie aber genau das. Ein Kind.

Ein Mädchen. Ein Teenager.

Mit Wünschen. Träumen. Hoffnungen. Enttäuschungen.

Die erste Liebe. Die große Freiheit. Das Austesten von Grenzen.

Eine aufregende Zeit.

Kann wahrscheinlich jede Mutter so bestätigen.

Und das kann ich heute auch.

Damals war es eine Entscheidung. Mut. Ein großer Schritt.

Heute ist es das Beste, was mir passiert ist.

Wenn mich nochmal jemand nach dem Sinn des Lebens fragt.

Das.

Frau Lasse organisierte eine Geburtstagsfeier. Sie lud Johannas Freunde ein. Die Nachbarn. Mitschüler. Das Volleyballteam. (Für Fußball konnte ich Johanna nicht begeistern. Aber das machte nichts. Sie kam gelegentlich zu meinen Spielen. Ich schaute ihr beim Volleyball zu. Ein bisschen stolz. Wie eine Mutter eben. Oder die beste Freundin.)

Als Einladungskarte wählte Frau Lasse ein Kinderfoto von Johanna. Dreckverschmiert auf dem Spielplatz. Mit einem selbstgebackenen (Sand)Kuchen in der Hand.

Ich schmunzelte.

Erinnerte mich an meinen achtzehnten Geburtstag zurück. Meine Einladungskarten. Mit dem Babyfoto aus dem Gitterbett. Stehend im bunten Strampelanzug. Ein freches Grinsen im Gesicht. Die Haare wie nach einer Steckdosenkollision.

Frau Lasse gab sich große Mühe. Sie organisierte ein Zelt. Bastelte Deko. Besorgte Bierzeltgarnituren, Kühltruhe und Getränke. Sie bereitete ein kleines Buffet vor. Und eine riesen Geburtstagstorte.

Natürlich.

Ich hatte überlegt ihr meine Hilfe anzubieten. Bei den Vorbereitungen zu unterstützen.

Aber das wollte ich ihr nicht nehmen. Ihr ging es seit einiger Zeit sehr gut. Stabil. Sie ging in dieser Vorfreude komplett auf. Das war ihr Moment.

Das war Johannas und ihr Moment.

Und das machte mich glücklich.

Am Abend feiern wir in Johannas Geburtstag rein. Eine ausgelassene Feier. Ein freudiger Abend.

Um Mitternacht reihe ich mich in die Schlange der Gratulanten ein. Johanna strahlt. Wie alt sie geworden war. Wie erwachsen. Wie gut sie aussah. Ich sehe vor mir noch das Mädchen mit Gerda Giraffe im Rucksack vor meiner Haustür stehend.

Ich lächele.

Ich bin so stolz auf sie.

Dann schaue ich zu Frau Lasse. Grinse zu ihr herüber. In ihren Augen sehe ich, dass sie gerade genau dasselbe denkt.

Wir zünden Wunderkerzen an und schauen in den Himmel.

Dann ergreift Frau Lasse das Mikrofon und stellt sich vor die Gäste.

Ich bin erstaunt. Überrascht. Das kenne ich von ihr nicht. Das muss sie verdammt viel Mut kosten. Das muss ihr verdammt wichtig sein.

Sie hält eine rührende Rede für Johanna.

Über Johanna.

Sie entschuldigt sich für all die versäumten Stunden. Tage. Jahre.

Für das, was sie durchmachen musste. Betont wie stolz sie auf ihre Kraft ist. Auf ihren Mut. Ihren Willen.

Johanna weint.

Noch nie hatte ihre Mutter solch deutliche Worte ausgesprochen. Noch nie hatte sie Johanna Das alles gesagt. Noch nie waren sich die beiden so nah.

Frau Lasse schluchzt.

Mir kommen Tränen.

Dann schaut sie zu mir.

„Danke, Julia. Du hast Johanna mit zu diesem Menschen gemacht, der sie heute ist. Ich habe dir niemals dafür gedankt. Aber ich war zu keiner Zeit undankbar. Du bist ein Teil von Johanna. Ein Teil unserer Familie."

Johanna stellt sich neben mich. Umarmt mich. Und flüstert mir leise ins Ohr:

„Jetzt weinen wir wohl alle."

Epilog

Als ich diese Kurzgeschichte schrieb war ich Anfang Dreißig und von dem Patenschaftsprojekt der Hamburger Pflegeelternschule schwer begeistert. Motiviert, meine Zeit und Energie, meine Lebensfreude und meine Dankbarkeit für das eigene Leben in diese Tätigkeit einzubringen.

Vom ersten Moment an wusste ich, dass ich das machen will.

Machen werde.

Meine Gedanken, meine Ängste, meine ganz persönliche Auseinandersetzung mit diesem Projekt, dieser Lebensveränderung, dieser Verantwortung für einen kleinen Menschen, stecken in diesem Buch.

Es ist kein Erfahrungsbericht, sondern eine (fiktive) Vorstellung. Meine Vorstellung.

Es soll ein Mutmacher sein. Für all diejenigen, die sich in mir, meinen Gedanken und meiner Überzeugung wiederfinden.

Ich bin meinen ersten Schritt gegangen.

Und ich weiß heute noch nicht, wohin er mich führt.

Ich weiß nur, was er bewirkt hat.

Manchmal ist es nicht wichtig zu wissen, wohin ein Weg führt. Manchmal muss man sich nur trauen den ersten Schritt zu machen. Denn dieser ist der Schwerste. Der Größte. Der Wichtigste. Und der Aufregendste.

Die Welt ist ein besserer Ort, wenn Menschen das „Gemeinsam" erkennen und umsetzen. Niemand geht durch dieses Leben alleine. Und das ist auch gut so.

Glück wird größer, wenn man es teilt.